冯至 著

伍子胥

冯至

之

文存

天津出版传媒集团

天津人民出版社

图书在版编目（CIP）数据

伍子胥 / 冯至著 . -- 天津 : 天津人民出版社，
2022.3
（冯至文存）
ISBN 978-7-201-18075-5

Ⅰ . ①伍… Ⅱ . ①冯… Ⅲ . ①历史小说 – 中国 – 当代
Ⅳ . ① I247.5

中国版本图书馆 CIP 数据核字 (2021) 第 279696 号

伍子胥
WUZIXU

出　　版	天津人民出版社
出 版 人	刘　庆
地　　址	天津市和平区西康路 35 号康岳大厦
邮政编码	300051
邮购电话	（022）23332469
电子信箱	reader@tjrmcbs.com

责任编辑	李　荣
装帧设计	今亮後聲 HOPESOUND 2580590616@qq.com · 张今亮 欧阳倩文 核漫

印　　刷	北京金特印刷有限责任公司
经　　销	新华书店
开　　本	880 毫米 × 1230 毫米　1/32
印　　张	3.75
字　　数	120 千字
版次印次	2022 年 3 月第 1 版　2022 年 3 月第 1 次印刷
定　　价	28.00 元

● **如何收听《伍子胥》全本有声书？**

① 微信扫描左边的二维码关注"领读文化"公众号。

② 后台回复【伍子胥】，即可获取兑换券。

③ 扫描兑换券二维码，免费兑换全本有声书。

● **去哪里查看已购买的有声书？**

方法 ①

兑换成功后，收藏已购有声书专栏，

即可在微信收藏列表中找到已购有声书。

方法 ②

在"领读文化"公众号菜单栏点击"我的课程"，

即可找到已购有声书。

目 录

城父

一 城父

城父，这座在方城外新建筑的边城，三年来无人过问，自己也仿佛失却了重心，无时不在空中飘浮着，不论走出哪一方向的城门，放眼望去，只是黄色的平原，无边无际，从远方传不来一点消息。天天早晨醒来，横在人人心头的，总是那两件事：太子建的出奔和伍奢的被囚。但这只从面貌上举动上彼此感到，却没有一个人有勇气提出来谈讲。居民中，有的是从陈国、蔡国归化来的，有的是从江边迁徙来的，最初无非是梦想着新城的繁荣，而今，这个梦却逐渐疏淡了，都露出几分悔意。他们有如一团渐渐干松了的泥土，只等着一阵狂风，把他们吹散。伍尚和子胥，兄弟二人，天天坐在家里，只听着小小的一座城充满了窃窃的私语，其中的含意模糊得像是雾里的花；江边的方言使人怀想起金黄的橙橘，池沼里生长着宁静的花叶，走到山谷里去到处都是兰蕙芳草；陈蔡的方言却含满流离转徙的愁苦，祖国虽然暂时恢复了，人们也不肯回去，本想在这里生下根，得到安息，现在这个入地未深的根又起始动摇了，安息从哪里能得到呢？总之，在这不实在的，恍恍惚惚的城里，人人都在思念故乡，不想继续住下去，可是又没有什么打算。这兄弟二人，在愁苦对坐时，也没有多少话可说，他们若是回想起他们的幼年，便觉得自己像是从肥沃的原野里生长出来的两棵树，如今被移植在一个窄小贫瘠的盆子里，他们若想继续生长，只有希望这个盆子的破裂。所以在长昼，在深夜，二人静默了许久之后，弟弟有时从心里迸出一句简短的话来："这状况，怎样支持下去呢？"他一边说一边望着那只没有系上弦的弓，死蛇一般在壁上挂着，眼里几乎要淌出泪来。这时，焦躁与忍耐在他的身内交战，仇恨在他的血里滋养着。

父亲囚系在郢城，太子建流亡在郑、宋——兄弟二人和这座城完全被人忘却了。他们想象中的郢城，现在一定还承袭着灵王的遗风，仰仗江南采伐不尽的森林，在那里大兴土木。左一片宫殿，右一座台阁，新发迹的人们在那崭新的建筑里作孽。既无人想到祖先在往日坐着柴木的车、穿着褴褛不能蔽体的衣服，跋涉在荆山的草莽里的那种艰苦的精神，也无人怀念起后来并吞汉川诸小邦，西御巴人，北伐陆浑，问鼎中原的那种雄浑的气魄。两代的篡夺欺诈，造成一种风气，人只在眼前的娱乐里安于狭小的生活。一个有山有水、美丽丰饶的故乡，除却那里还有过着黑暗岁月的父亲外，早已在他们的心里被放弃了。那么大的楚国，没有一个人把他们放在眼里；那么大的楚国，他们也像是看不见一个人。时而感到侮辱，时而感到骄傲，在侮辱与骄傲的中间，仇恨的果实一天一天地在成熟。

郢城的一切，都听凭费无忌的摆布。这个在伍氏父子的眼里本来是一个零，一只苍蝇似的人，不知不觉地竟忽然站立起来，凌越了一切，如今他反倒把全楚国的人都看成零，看成一群不关重要的飞蝇了。谁不知道他是一个楚国的谗人呢？

但是谁对他也无可奈何，只把他当作一片凶恶的乌云，在乌云下得不到和暖的日光是分所当然的事。有些人，在这块云的笼罩下，睡不能安，食不能饱，劳疲死转，只好悄悄地离开郢城，回到西方山岳地带的老家里去。——这样一个人把父亲放在脚下踩来踩去，或是死亡，或是在圜土里继续受罪，都听凭他的心意。庄王时代名臣的后人，竟受人这样的作弄，是多么大的耻辱！蒙受着这样大的耻辱，冤屈不分昼夜地永久含在口里而不申诉，只为培养着这个仇恨的果实，望它有成熟的那一天。

在一个初秋的上午，城父城内的市集都快要散了，伍尚坐在空空旷旷的太子府里，听着外边起了一阵骚扰。骚扰是两年来常常发生的事，因为一切的禁令在这城里都废弛了，像卫国的玉瑱象揥，齐国的丝履，鲁国精美的博具，以及其他奢侈的用品，本来都是违禁品，不准输入的，现在却都经过郑宋，在这市上出现，向人索取不可想象的重价。司市不出来巡查则已，一出来就是一阵纷争。纷争后又没有效果，司市也就任其自然，所以骚扰在最近反倒有渐渐少了的趋势。但今天骚扰的声音确是来自远方，越听越近，不像是有什么争执。最后才有人报告："郢城有人来。"

伍尚把这郢城的使者迎接进去，骚扰也随着寂静了。三年内，从郢城除却司马奋扬来过一次，就没有人理会过他们。这次郢城的使者，高车驷马，光临城父，真是一件意想不到的事。使者捧着两个盒子走进太子府里，府墙外围满了城父的居民，他们一动也不动，一点声音也没有，你看我，我看你，屏住呼吸，静候着什么新奇的消息。直到下午太阳西斜了，才各自散开，满足里感到不能补填的失望。他们虽然没有得到些许具体的消息，但人人的面上都显露出几分快乐，因为他们许久不曾这样得到郢城的眷顾了。这和司马奋扬那回是怎样一个对比！

那次，那忠实的奋扬，匆匆忙忙地跑来，放走了太子建，又令城父的居民把自己捆绑起来，送回郢城。这座城也紧张过几天，事后就陷在一个极大的寂寞里，使人觉得事事都苍凉，人人的命运都捉摸不定。谁知道以后还有什么意想不到的事会发生呢？这次，果然有意想不到的事发生了。使者的姓名也不知道，从他的衣履看来，一定是个新近发迹的楚王的亲信吧。正在街谈巷议、交头接耳的时刻，太子府里传出消息来了——

有的说，楚王后悔了，不该把先王名臣的后人无缘无故地囚系三年多，如今遣派使者来，函封印绶，封伍氏兄弟为侯，表示楚王的歉意。

有的说，伍奢已经恢复了自由，亟待二子来看望。

有的说，伍氏兄弟明天说不定就要随着使者往郢城，晋谒楚王，就了新职仍旧回到城父来。

有的说，伍氏父子既然重见天日，太子建也不必在外边流亡了。

城父这座城忽然又牢固了，大家又可以安安静静地住下去，有如没有希望的久病的人感到生命的转机，久阴的天气望见了一线阳光。人人都举手称庆，有的谈讲一直到了夜半。

在夜半，满城的兴奋还没有完全消谢的时候，伍氏兄弟正在守着一支残烛，面前对着一个严肃的问题，要他们决断。子胥的锐利的眼望着烛光，冷笑着说：

"好一出可怜的把戏！这样的把戏也正好是现在的郢城所能演出来的。没有正直，只有欺诈。三年的耻辱，我已经忍受够了。"他对着烛光，全身都在战栗，那仇恨的果实在树枝上成熟了，颤巍巍地，只期待轻轻的一触。他继续说：

"壁上的弓，再不弯，就不能再弯了；囊里的箭，再不用，就锈得不能再用了。"他觉得三年的日出日落都聚集在这决定的一瞬间，他不能把这瞬间放过，他要把它化为永恒。

"三年来，我们一声不响，在这城里埋没着，全楚国已经不把我们当做有血有肉的人。若是再坐着郢城驶来的高车，被一个满面含着伪笑的费无忌的使者陪伴着，走进郢城，早晨下了车，晚间入了圜土，第二天父子三人被戮在郑市，这不是被天下人耻笑吗？"

说到这里，子胥决定了。

祖先的坟墓，他不想再见，父亲的面貌，他不想再见。他要走出去，远远地走去，为了将来有回来的那一天；而且走得越远，才能回来得越快。

至于忠厚的伍尚，三年没有见到父亲的面，日夜都在为父亲担心；不去郢城，父亲必死，去郢城，父亲也死。若能一见父亲死前的面，虽死亦何辞呢。子胥笔直地立在他的面前，使他沉吟了许久，最后他也择定了他的道路：

"父亲召我，我不能不去；看一看死前的父亲，我不能不去；从此你的道路那样辽远，责任那样重大，我为了引长你的道路，加重你的责任，我也不能不去。我的面前是一个死，但是穿过这个死以后，我也有一个辽远的路程，重大的责任：将来你走入荒山，走入大泽，走入人烟稠密的城市，一旦感到空虚，感到生命的烟一般缥缈、羽毛一般轻的时刻，我的死就是一个大的重量，一个沉的负担，在你身上，使你感到真实，感到生命的分量，——你还要一步步地前进。"

这时，兄弟二人，不知是二人并成一人呢，还是一人分成两个：一个要回到生他的地方去，一个要走到远方；一个去寻找死，一个去求生。二人的眼前忽然明朗，他们已经从这沉闷的城里解放出来了。谁的身内都有死，谁的身内也有生；好像弟弟将要把哥哥的一部分带走，哥哥也要把弟弟的一部分带回。只年来患难共守、愁苦相对的生活，今夜得到升华，谁也不能区分出谁是谁了。——在他们眼前，一幕一幕飘过家乡的景色：九百里的云梦泽，昼夜不息的江水，水上有凌波漫步、含睇宜笑的水神；云雾从西方的山岳里飘来，从云师雨师的拥戴中显露出披荷衣、系蕙带、张孔雀盖、翡翠旗的司命。如今，在一天比一天愁苦的人民的面前，好像水神也在水上敛了步容，司命也久已不在云中显示。他们怀念着故乡的景色，故乡的神祇，伍尚要回到那里去，随着他们一起收敛起来，子胥却要走到远方，为了再回来，好把那幅已经卷起来的美丽的画图又重新展开。

不约而同，那司命神在他们心头一度出现，他们面对着他立下了誓言。这时鸡已三唱，窗外破晓了。

等到红日高升，城父的居民又在街头走动时，水井边有几个人聚谈。有人起了疑问，太子府里怎么还是那样寂静呢?

一个神经过敏、杞国归化的人说:"好像比往日更寂静了,怕是有什么不幸的事实发生吧。"

另一个自信力很强的人说:"绝对没有问题,使者一路劳顿,当然要睡点早觉。我们最好等到正午,在南门外开个大会欢迎使者。"

大家听了这话,觉得很有道理,都说,应该把当年欢迎太子建时所组织的乐队重新召集起来。一传二,二传三,都认为欢迎会是势所必然的事。午饭后,大家聚集在南门外的广场上,恭候使者。不久,派去的代表垂头丧气地回来了,据说太子府里不但静静地没有人声,就是辕门内停着的高车驷马也不见了。又有人跑到伍氏的私邸,也是死一般地沉寂,走到内院,只见伍尚的夫人独自守着一架织布机在哭泣。问来问去,才知道,郢城的使者一再催促,请伍氏兄弟立即就道。兄弟两个商量了一夜,天刚亮时,伍尚就走进来对他的夫人说:

"我们要去了。你此后唯一生活的方法就是守着这架织布机，一直等到弟弟将来回来的那一天。你好好度你漫长的岁月吧！"

　　夫人也不理解这是怎么一回事，当伍尚向外走时，她泪眼模糊地只看见子胥从壁上取下来他的弓……

林澤

二 林泽

子胥自从在无人之野，张弓布矢，吓退了楚王遣来的追人，他就日日在林莽沼泽间穿行。走得越远，路途越分歧，人们再也无从寻索他的踪迹。子胥虽然对那个追他的人说过："你回去告诉楚王，若不释放我的父兄，楚国就会灭亡。"但是父亲的死，哥哥的死，已经种子一般在他的身内发了芽，至于楚国什么时候才能灭亡呢，这比他眼前的世界要辽远得多。

　　匆匆地走着。一天，又走入一片林泽，望着草上的飞虫形成一层轻雾，他有些疲乏了。这里没有人迹，就是那胆子最小的雉鸡也安闲自得。它五步一啄，十步一饮，使行人的脚步放慢，紧张的情绪也随着和缓下来。子胥靠着一棵大树坐下，耳边听着蜜蜂和草虫的鸣声，正午的日影好像在地上停住了，时间也不再进行。他从囊里取出一些干粮，吃完后，就朦朦胧胧地睡去。睡梦中，他仿佛在这林泽里走来走去已经走了许多年，总得不到出路。正在焦躁的时刻，面前出现了一个小人，长不过四寸，穿着土黄的衣裳，戴着土黄的小帽，骑着一匹小马，他向他说：

"你不是渴望着远方吗，你想的是北方的晋，还是东方的吴，你若是心急，我可以在一天内带你到那些地方去 ——"

"你这小小的人，你是什么呢？"

"我是涠泽的精灵，庆忌，你若是呼得出我的名字，可以避免一切路途上的灾害 ——"

精灵的话还没有说完，子胥的身子就不由自主地随着他乱转，转瞬间好像走了几千里，郑国、晋国、吴国，都在他的脑里晃了一晃，同时又不知道飘到哪里去了。他并没有把住了一些事物，心里的仇恨像一块顽石似的在压着他，越转越累，忽然倒在地上，醒来全身是汗，四肢感到酸痛。睁开眼睛，太阳已经向西移动了许多，四寸的小人仿佛还在灌木丛中出没，定睛一看，有一个短发的年轻的野人在那里采撷什么。等到他赤裸的脚从树丛里迈出来时，他的前襟向上兜起，显然是兜着一些可怜的东西。子胥欠起身，望着他向自己走近，嘴里还哼哼着简单的歌词。他走到子胥身边，用惊讶的眼光打量了子胥一番，自言自语：

"这一带草泽上，除却光彩的雉鸡，驯顺的麋鹿点缀长昼外，不常看见一个人影，你这外乡人全身灰尘，你是从哪里来，要往哪里去呢？"

子胥听他的口音里也带着郢城的土音，再看他的面容清瘦，眼光锐利，举止也文雅，不像是绝对没有教化的野人。子胥并不回答，只是反问他："你这青年，为什么把头发剪短，离开南方的故乡，尽日在荒野里驰驱呢？"

"还是与雉鸡麋鹿同群，比与人周旋舒适得多呀！——我十几岁的时候，就遭逢楚国的变乱，眼看着今天还是一个声势赫赫的国王，率着举国之众东征西讨，明天就流离失所，死在野人的家里。后来我入了国学读书，又看着堂堂的国王霸占自己给太子娶来的秦女。他们的宫殿尽管日日增高，但是纯洁的山川却被这些人糟蹋得一天比一天减色。我懒得和那些衣冠楚楚的人们来往了，我剪短了头发，和结婚不久的妻离开了郢城，来到这人迹罕到的林泽。

年成好时，吃得也好些；年成坏时，就采些藜实回家碾成粉煮羹吃。高兴时也把这些东西"——他用手指着他兜内的藜实——"分给雉鸡麋鹿。这中间我却体会了许多道理。……你，看你的服装，一定是从有许多人的地方来，往有许多人的地方去。今天你经过这里，就不会起一些从未有过的感想吗？"

"我心里有父母的仇，兄弟的仇。这些仇恨是从人那里得来，我还要向人那里抛去。在这里我只觉得空虚，我的仇恨没有地方发泄，我怎能向雉鸡麋鹿吐露我的仇恨呢？"

"但愿麋鹿雉鸡能够消融了你的仇恨。"

"仇恨只能在得来的地方消融。"

两人的谈话有些格格不入了，但共同又感到有能够融会贯通的地方，无形中彼此有些依恋。最后那青年说：

"今天，你能不能暂时把仇恨和匆忙放在一边，在我的茅屋里过一个清闲的夜呢？"

子胥也觉得今天的路程实在有些渺茫，倒不如就近休息一下；他问——

"贵姓尊名呢？"

"我在这里，名姓有什么用呢。当我剪短了头发，伴着年少的妻，走出郢城，望这里来时，一路上的人不知为什么称我作楚狂。"

子胥和他并着肩，缓缓地在草泽中间走去，子胥也真像是暂时忘却了仇恨，听懂了那狂人所唱的（几十年后仲尼也听过的）歌：

凤兮凤兮，何德之衰也；

来世不可待，往世不可追也。

天下有道，圣人成焉；

天下无道，圣人生焉；

方今之世，仅免刑焉。

翻来覆去的歌声，在子胥的心里搅起波纹，最后一句，更使他沉吟不止。一个扬着头唱着，一个低着头想着，转眼间，一座茅屋已经在远远的林边出现了。再走一小程，对面草径上走来一个绿衣的少妇，她一看见丈夫就喊：

"你今天怎么回来这么晚呢？"

"今天采了许多藜实，还接来一位贵客。"

少妇迎上来，又转回身，伴着两个男子走到茅屋前。楚狂忽然在屋门前看见了两行新驶过的车轮的痕迹，发了一怔：

"我们这人迹罕到的门前，今天怎么会有车轮的痕迹呢？"

"方才有一个官员，匆匆地从这里驶过，说是要赶路程，投奔宿处。"他的妻回答。

"幸亏我在外边多迟延了一些时，不然又会找出什么麻烦来了。"他一边说着，一边把门推开，子胥在屋里坐下后，他继续着说："前些天，这里就发生过一件麻烦事。有两个从鲁国游学归来的儒者，路过这里，说是要南渡大江，去调查南蛮的生活。不幸，我被他们发现了。因为我的头发剪短了，我的眼睛有些发蓝，——其实我的眼睛又何尝发蓝，不过比他们的眼睛清明些罢了，——他们硬说我是陆浑之戎的后裔，说我是一个有价值的材料，要比一比我的头颅的大小。我分辩说，我是郢城的人，他们无论如何也不肯信；我说，我的口音不是纯粹的郢音吗，他们却说，口音是后天的，不足为凭。眼睛是确证；剪短头发是西戎的遗风，是旁证。我一人拗不过他们二人，我的头颅的尺寸，终于被他们量去了。这些缙绅之士真是深入民间，我也就无所逃于天地之间了。我的妻，却觉得是奇耻大辱，因为那二人量完了我的头，临行时，彼此还毫无顾忌地一边走着一边说，这样一个聪明的女子为什么和一个戎人的后裔同居呢。"

"当时我有些愤怒，现在倒也不觉怎样，只觉得有些好笑了。"他的妻在旁边笑着说。

这夫妇两个的谈话，嬉笑中含满了辛酸，使人有天地虽大、无处容身之感。小茅屋坐东向西，门打开后，满屋都是阳光。子胥望着对面疏疏落落的几棵乔木，在这清闲洒脱的境界里，把他仇恨的重担也真像件行李似的放在一边。那少妇已经在茅檐下堆起一堆松球，提着罐子到外边取水去了；那青年把松球燃起，刹那间满屋松香，使人想到浓郁的松林在正午时候，太阳一蒸发，无边无际都是松柏的香气。这对青年夫妇的生活，是子胥梦也梦想不到的，他心里有些羡慕，但他还是爱惜他自己艰苦的命运。二人在他面前走来走去劳作着，他不由地起了许多念头：你们这样洁身自好，可是来日方长，这里就会容你们终老吗？有多少地方，雉鸡已经躲藏起来，麋鹿也敛了行迹，说不定有一天这里会开辟成畋猎的场所，到那时有多少声势赫赫的王公们要到这里来，你们还要跑到哪里去呢？现在既然已经有人把你当做陆浑的后裔，将来就不会有人把你当做某种贱民来驱使吗？你们尽可以内心里保持莹洁，鹓雏不与鸱枭争食，——我却要先把鸱枭射死……

子胥想到这里，看眼前只不过是一片美好的梦境，它终于会幻灭的；自己的担子就是一瞬间也放不下来了。他想，明天一破晓，就要离开这里，看情形，郑国一定不远了。

日西沉时，那少妇端上来一大碗藜羹；子胥也把囊里的干粮取出来，三人分食。这是一顿和平的晚餐，子胥过去不曾有过，将来也不会再有。主妇显出来她的聪明和爱娇，用爽朗的言谈款待这个不速之客。主客都像是又置身于江南的故乡，有浓碧的树林，变幻的云彩……

　　正在忘情尔我的时刻，远远又响来车声，主人心里想，今天真是一个多事的日子。过了片刻，果然有一辆车停在敞开的门前了，车内有人在说：

　　"方才从贵处经过，未敢搅扰，本想再赶一程，找一个地方投宿，但是前程既无村落，也无城郭，不知能否在这里打搅一夜？"

　　子胥听着，这声音是多么稔熟啊。等到车门打开，里边探出头来，是一个朋友的面貌。

　　"申包胥！"子胥不能信任眼前的一切了。房里的客人，车上的客人，都不期而然，惊讶地喊叫一声。

　　申包胥，这个聪明而意志坚强的人，四五年来，深感在王庭左近做官不是一件容易的事，为了避免谗人的锋芒，就尽其可能地要离开郢城。所以他近来的工作都偏重在外交方面了。国内的事，他多半不闻不问。他曾经西使秦，东使齐，这次是从宋国回来，秉承楚王的意旨，以修好为名，其实是因为宋国有华氏之乱，他借这机会去侦查侦查宋国实际的情形。

两个少年时代的朋友，几年不见，想不到在这荒野的地方相逢，彼此都恍若梦寐，感动得流出泪来。可是有这样一个贵客光临，对于主人却不是一件快意的事；这事，子胥不能负责，但因为是子胥的老友，竟好像他给招来的一般，所以主人对他也有些不满了。两个朋友正在面对面不知从何说起时，主妇已经收拾起残羹，主人说完"天已暗了，我们这里没有烛火，我们要睡觉去了"这句话，夫妇二人就走入了茅屋里的另一间。

堂屋里黑洞洞地只剩下两个朋友，车马都系在门外的树旁，御者躺在车下也睡着了。他们面对面，共同享受这奇异的境界。在这里相逢，二人都意想不到，有时也觉得是势所必然，可是谁也说不出一句话来。关于伍氏父子的不幸，申包胥并不十分清楚，这一见面，仿佛一切都明白了。黑暗中谁也看不清谁的面貌，但彼此的心境，却都很明了。申包胥，他深深地感到，子胥是要往哪里去，要做些什么事；同时他也想了一想，他应该做些什么事。子胥却觉得，不同的命运已经把两个朋友分在两个不同的世界里："父母之仇，不与戴天履地，兄弟之仇，不与同城接壤。"这对于申包胥只是空空的成语，对于他个人却随着鲜红的血液，日夜在他的身内周流。

两个朋友在默默中彼此领悟了，他们将要各自分头做两件不同的大工作，正如他们在儿时所做过的游戏一般：一个在把一座建筑推广，一个在等待着推翻，然后再把它重新恢复。黑夜里只有明灭的星光照入狭窄的圭形的窗户，间或有一二萤火从窗隙飞进粘在人的衣上。二人回想少年时一切的景况，还亲切得像是一个人；若是瞻顾面前茫茫的夜色，就好像比路人还生疏许多。他们各自为了将来的抱负守着眼前的黑夜。

洧
濒

三
洧
滨

子胥到了郑国的首都，太子建刚从晋国回来。一个兴奋的精神支持着疲惫殆尽的身体，他见了太子建的面，——未见面时，他的心强烈地跳着，这该是怎样的一个遇合！他想，太子建一定是和他一样历尽忧患，如今见面，怕是谁也从谁的面上认不出往日的神情，二人都在辛苦的海里洗过澡，会同样以一个另外的身躯又从这海里出来。他要和他手携着手共同商议此后所要做的事，在这事的前边，他们必须捧出他们整个的生命……但是见面时的第一个瞬间，他一望见太子建的举止，他满心所想的，不知怎么，都烟一般地幻散了。太子建，和他想象的完全两样，他对于子胥的到来，既不觉得惊奇，也不以为是必然的事，只表露出一种比路人还生疏的淡漠。他和子胥的谈话有些恍惚，有些支吾，好像心里有些难以告人的事。子胥尽想使二人的谈话深入一层，但是无隙可乘，有如油永久在水面上漂浮着。他从太子建四周的气氛里感到，这是一个望死里边走去的人，而这死既不是为了什么远大的理想，也不是为了血的仇恨，却是由于贪图一些小便宜在作些鬼祟的计划，这计划对不住人，也对不住自己，就是对着子胥也不好意思说出；纵使这个死不从外边来，它也会由于心的凋零而渐渐在他的身内生长。他从太子建的言谈间推测出晋国是给予他怎样的一个使命；这使命无论是成功或失败，都是十分可耻的。他面对着一个可怜的，渺小的太子建，他理想中的太子建，早已在这个世界里寻不到一些踪影。

　　子胥鄙弃着他的主人，满怀失望走出太子建的家门。在他看来，从这里再也燃不起复仇的火焰，这样冒着最大的危险，辛辛苦苦地到了郑国，想不到是这么一个结果。他这时所感到的孤单，既不是三年的城父，也不是风沙的旅途中所能想象得到的。他回想起林泽中的那一夜，与申包胥对坐，两个朋友好像每人坐在天平的一端，不分轻重，如今自己的这一端却忽然失去分量：内心里充满惭愧。他需要把他从城父到郑国的一路的热情放在一边，冷静地想一想此后的途程。他立在太子建的家门前，正不知往哪里走去时，几个齐国的商人正围着太子建的不过四五岁的儿子公子胜在巷子里游戏，那男孩用郑国的方言唱着当时最流行的歌曲：

洧之外，洵讦且乐，

维士与女，伊其相谑，

赠之以芍药。

这样的歌从一个四五龄的童子的口里唱出，是多么不调和！那些齐国的商人，因为是太子建夫人的同乡，终日在这巷子里出入，把一篓篓的海盐囤积在太子建的家里，不肯出售，弄得郑国人常常几月之久没有盐吃。子胥极力要走出这条巷子，逃脱开这狭隘的气氛，他要走到人烟稀少的地方，重新想一想过去和将来。他从城父到郑国的这段路程，是白白地浪费了。

他走出门时，面前展开一片山水。这里，他昨天走过时，一切都好像没有见过，如今眼前的云雾忽然拨开了，没有一草一木不明显地露出它们本来的面目：浅浅的洧水明如平镜，看不出它是在流，秋日的天空也明透得像结晶体一般。子胥逡巡在水滨，觉得在这样明朗的宇宙中，无法安排他的身体。

他在城父时，早已听人说过，郑国在子产的统治下，夜不闭户，路不拾遗，田器不归，人民虽然贫乏，却都熙熙攘攘，各自守着自己的井边的土地耕耘。如今他目睹现在的情形，与当时传说的并没有两样，想不到一个被晋、楚两国欺侮得无以自存的郑国竟会暂时达到这种平安的境地。但是他忘不了昨天路上一个老人向他谈过的话：

"如今，我们的厄运又到临了。前年火宿出现，城里起了一场大火；去年又是水灾，城里出现了一条龙，城外出现了一条龙，两条龙乘着水势战斗了几个昼夜，归终城里的龙被城外的龙咬死了。这不都是不幸的征兆吗？果然，今年我们的执政死了。咳，他死了，我也快死了，可是一向被压迫的郑人将要往哪里去呢？"

他更忘不了当他扶着那老人蹇裳涉溱时，老人对他发的感慨：

"从先，子产若是看见我们老人赤裸着两条腿在秋天过河，就用他自己乘的车子载我们过去。……年幼的人都替老人提着东西在街上走路，这风气还能保持多久呢？"

他一边说着，一边用手指着辽远的一座土丘，他的眼里含着泪珠说：

"那就是我们的执政的坟墓，没有几个月，已经被茸茸的绿草蒙遍了。"

子胥回味着昨天那老人的谈话，举首四顾，在不远的地方，昨天望见的那座土丘今天并没有在他面前消逝。子胥怀着景慕的心情便信步向那里走去。他走近坟墓，看见在新栽种的松柏下，聚集着许多男女，这都是来哀悼子产的死的。自从子产死后，到这里来的人每天都有，日子久了，并不见减少；今天这样好的天气，来的人分外多，远远看来，俨然成为一个市集了。这一带地方，每逢春季桃花水下时，本来是男女嬉游之所，人人手里举着兰草，说是祓除不祥，其实是唱着柔靡的歌，发泄他们一冬天窒闷的情绪。如今这座坟墓把这片地方圣化了：今天这里的男女再也没有春日嬉笑的心情，人人的面上都是严肃的。子胥把方才公子胜所唱的"洧之外，询讦且乐"与目前的景象对比，是多么不同！他又想起太子建在外边辗转流亡，好容易得到郑国的收容，哪里想到他的生活刚一安定，便趁着子产死去、举国伤悼的时机，在计划着危害郑国的阴谋，这样的不德不义使子胥对着这些朴质的郑人好像自己也做下了罪恶一般。这些人在子产的坟前，有如一群子女围着一个死去的母亲，各人说出各人心内的愁苦——

一个农夫有气没力地说：田里的谷稻，我懒得去割了。

一个中年的妇人在叹气：身边的珠玉，我没有心情佩带了。

一个老人在一旁说出昨天那个老人的同样的话：咳，子产死了，我也快死了，但是郑人——这些年轻的孩子们将要往哪里去呢？

说到这里，人人的脸上都露出无所适从的样子，一个土地贫瘠、又没有精强的武备的国家，只仰仗子产的聪明智才，二十多年国内平安，国外没有发生过多么大的纷扰。现在，子产埋在这无语的坟墓里了，谁的心里不感到国内紧严的秩序一天一天地会松弛，外侮一天一天地会逼近呢？这时大家都异口同音唱着——

　　　　我有子弟，子产诲之；

　　　　我有田畴，子产殖之。

　　　　子产而死，谁其嗣之。

　　大家翻来覆去地唱，其中有一个看守池沼的小吏在歌唱时眼泪流得最多。最后歌声停息了，他的哭声却止不住。哭到最痛切时，他忽然立起身来，站在子产的坟前，用演说的口调向大家说起一件事，这时无人不感到惊愕。

　　"诸位，"他一边擦干眼泪一边说，"我们的执政死了，我也不想活下去了，因为我做过一件欺骗的事。欺骗我们全国人民生命所寄托的人，那是多么大的一个罪过。三年了，还是在那次的大火以前，一天有人送给执政几条鱼，执政把这几条鱼交给我，命我放在我的池沼里养着。我看着那几条欢蹦乱跳的鱼，不知为什么起了难以克制的食欲。我把它们偷偷地烹着吃了。过了两天，我看见执政，心里有些忸怩，转瞬间又鼓起勇气，我向他说，鱼到了水里，先有些不舒展，不久就很自如，我不知为什么没有把水闸放好，几条鱼儿摆了摆尾巴，都向着一个方向从放水的地方浮出去了。执政听了，不但不责罚我，反倒为那几条鱼欢喜，他赞叹着说，得其所哉！得其所哉！我这该死的人，走出门来，还自言自语地说：谁说子产聪明呢，如今他上了我的当了。"

他说到这里，沉吟片刻，又抬起头来望着大家说：

"我这卑小的人，对着这静默无语的坟墓，良心上感到无法解脱的谴责。现在只有请大家惩罚我，就是把我置诸死罪，我也心甘，只要是在这座坟墓的前边。"

大家听了这段话，最初有些气愤，但是一转想，在子产执政的初年，谁没有暗地咒骂过子产呢：有人诅咒过他父亲没有得到好死，骂他是一个螯人的虿尾，有人希望过他早早死去……登时反倒觉得这人的忏悔是为大家忏悔一般，人人都对他表示出原谅的微笑。

子胥靠着一棵松树，看着这些哀伤过度的人们，好像忘却了墓园外的世界。那小吏说完话后，暂时的静默使子胥又回到自己身上。子产死了，郑国的人都无所适从，如今他也由于身边一切事物的幻灭孤零零地只剩下一个人，不知应该往哪里去。子产的死，是个伟大的死，死在人人的心里，虽然这些人都是渺小的、柔弱的。他想起太子建，本来是一个未来的楚王，楚国的面积比郑国要大许多倍，将来本可以死得比子产还伟大，但是他的世界却越来越狭窄，越来越卑污，他生也好，死也好，恐怕要比任何一个人都可怜，都渺小……他想到这里，不由得也流下泪来……

　　子胥少年时，常常听人讲些贤人的故事，再看楚国紊乱的情形，总认为那都是早已过去的了，现在不会再有。由于羡慕，心里每每感到异代不同时的惆怅。但是，如今他忽然领悟，就是在不久的过去，那平静的洧水也照映过一个贤明的子产的身影。他真后悔，他为什么不早一年离开城父到郑国呢？听说在子产未执政的前一年，吴国的季札聘使列国时，路过郑国，晤见子产，二人谈礼乐，论政治，像是旧交一般；又听人说，子产死的消息传到东方的仲尼的耳里时，仲尼痛哭失声，感慨着说："真是古代的遗爱呀！"时代这样紊乱，你打我，我打你，但是少数的几个人还互相怜爱；宇宙虽大，列国的界限又严，但在他们中间，内心里还是声息相通的。子胥对于这点微弱的彼此的感应，怀有无限的仰慕，而他自己却是远远近近感受不到一点关情。

　　洧水的南岸，与子产的坟墓遥遥相对的是当年郑庄公建筑的望母台。这台建在一座土山上，如今已蔓草荒芜，无人过问，那里的寂静吸引着子胥走出墓园，涉过洧水，他一步步地登上望母台。这时日已西沉，天空失却方才那样的晴朗，远远近近被一层灰白色的雾霭蒙住，他思念着父亲的死，哥哥的死，太子建的可怜的近况，周围死沉沉地没有一点生气：向哪里走呢？

北方的齐、晋，被山带河，都是堂堂的大国，他应该望那里去吗？那里的人有太多的历史，太多的智慧，太多的考虑。他们的向背，只在利益上打算，今天的敌，明天就可以为友，今天的友，明天又可以为敌，没有永久的敌人，也没有永久的朋友；但子胥的仇恨，却是永久地黑白分明……西方的秦国，只为联络楚国才和楚国结婚姻，至于他们的女儿是嫁给楚王，还是嫁给楚国的太子，他们都不过问，只要不违国策，一切都可以任其自然。谁肯为些不相干的事兴师动众呢？……只有东南，那新兴的吴国，刚学会了车战，为了州来、钟离等城的争执，已经和楚国有过许多年的纠纷，何况他若是不克制住楚国，就无法抵御南方崛起的越。这样的环境比较简单，政策也比较不容易改变……

在茫茫的暮色中决定了他的去向：明天早晨，越早越好，便起身往吴国去。

在子胥还沿着郑、楚的边境跋涉时，途中他忽然听人传述，太子建要给晋国当内应，计划着倾覆郑国，但是这阴谋被他左右的人泄露了，他已经在郑国的宫中被人杀死，——人们还从他家里抄出来许多篓海盐。

宛丘

几条黄土的道路，又瘦又长，消逝在东南的天边，对于这个孤零零的行人表示着既不欢迎、也不拒绝的懒样子。子胥未加选择便走上了一条。这条路，和其他的几条一样，是贫穷的道路：没有树，没有山，路上的行人和路旁的流水是同样稀少。只有夕阳落时，忽然一回头，会发现路旁有两三座茅屋，蹲伏在远远的夕照中，而这茅屋，在刚才走过时，无声无息，并不曾引起行人的注意。这样的路走了五六天，眼前的世界一天比一天贫乏，一天比一天凋零，不用说江南变幻的云，江南浓郁的树林，就是水浅木疏的洧滨也恍若梦寐了。据说，这已经是陈国的领域。这个可怜的国家，几十年来，在楚国的势力里，有如老鼠在猫的爪下一般。一会儿被捉到，一会儿又被放开，放开后好容易喘过气来，向前跑几步，又被捉到，捉弄得半死，随后又放开。这可怜的国家在这可怜的状态下生存着，谁能有什么久远的打算呢，过一天说一天罢了。因此，房子塌了不想再盖，衣服破了不想再补，就是脸脏了都不想再洗；只是小心惴惴地怕听见楚人的口音。一听说楚人来了，人人都躲得远远的；敢于出头露面和楚人周旋的只有在楚国做过俘虏或是经过商的人。

　　这条贫乏的道路最后引导子胥走上一座小丘，这小丘上除却最高处一座土筑的神坛外什么也没有。子胥走到神坛旁，正是午后，看见三五个瘦弱不堪、披头散发的男女，有的拿了一面鼓，有的搬着一个缶，有的抱来一束鸟羽——大半是鹭羽——不知在那里筹备什么。天气阴阴的，太阳只像是一个黄色的圆饼悬在天空，子胥看着这几个人，影子似的闪来闪去，一阵阵黄风吹来，使人对他们的存在起些迷离之感。子胥无心理会他们，在神坛旁伫立片刻，又顺着眼前的道路望下走去。转了两三个弯，在离山脚不远的地方，呈现出一片荒凉的房舍；再走近一程，望上去有的房子没有顶，有的墙壁上都是缺口，默默地里边没有一点动作。子胥的眼光钉牢这片房舍，这该是什么地方呢？若是一个村落，不会这么宽大，隐隐约约好像正露出残缺的城垛口；若是一座城，怎么会又这样荒凉呢，像是刚遭遇什么天灾或兵燹似的。心里正在纳闷，在路旁拐角处碰到一座石碑，上边刻着：

"太昊伏羲氏之墟。"

子胥急忙顺着上坡跑下来，跑到一座矮矮的树林旁，这里草木特别茂盛，是他一路上很少见到的。深深的草莽中又涌出一座石碑，上边刻着：

"神农氏始尝百草处。"

心里忽然领悟，这座土山应该是宛丘；那么眼前的一片荒凉的房舍就会是陈国的国都吗？同时他心里想，远古的帝王，启发宇宙的神秘，从混沌里分辨出形体和界线，那样神明的人，就会选择这样平凡的山水，作为他们的宇宙的中心吗？也许只有在这平凡的山水里才容易体验到宇宙中蕴藏了几千万年的秘密。子胥一路上窄狭而放不开的心又被这两块石碑给扩广了。他又思念起一切创始的艰难，和这艰难里所含有的深切的意义。子胥穿过矮林，走在田畴间，对面走来一个人，抱着一大捆湿淋淋的麻布，看见子胥，发了一怔，把脚步放慢了。等到子胥过去，他把麻布放在草地上，从后边赶来，大声喊道：

"前边的行人，可是楚国来的贵客吗？"

子胥刚一回头，那人便满脸堆着笑容走来，像一个多年的朋友，可是他的眼光不敢正视，只悄悄地打量着子胥。

"天已经不早了，你尽往前走做什么？我看你的举止，一定是楚国来的。路途好远呀，要好好休息休息。前面的城是不能招待贵宾的。你知道，前面的城里着过一次大火——凑巧那时宋国、卫国、郑国都有大火——可是陈侯只率领着他的宫臣跑到……"他回转头指一指那座土山，"跑到神坛旁，祈求神灵的保佑；但是火，却任凭它蔓延起来，一条街，一条街地烧下去。其实，这年头儿谁有心肠救火呢，整个一座城就这样烧得四零五落。后来邻国听到了，都来吊灾——只有许国没有来——看见这景象，没有一国不耻笑陈国。你看郑国，子产在火灾时措置得多么有条有理——陈国真不成……哈

043

哈哈……"

子胥听着这人的语气，捉摸不出他是哪国人，心里起了说不出的反感，这人说着说着索性完全变成楚音了：

"陈国真不成。我们的陈侯，在火灾后只把宫殿修理好了，自己搬回去住；至于百姓的房子呢，都任凭它们残败下去，风吹雨打，这年头儿谁有心肠修理呢。其实，那座宫殿也是颤巍巍的，说不定哪天楚国的军队一高兴便把那宫殿的盖子揭开呢……"

子胥越听越不耐烦，但是这人还不知好歹地说下去——

"在不远的地方，就住有楚国的军队，我就常常给贵国的驻军办些零碎的事务；他们在这里都是人地生疏呀。我是陈国的司巫，随着当今的陈侯在贵国观过光，说得出纯正的楚音呢，嘻嘻嘻！"他笑得满脸都是皱纹，但是两眼里闪露出使人难以担当的奸巧，他同时指着绿草上的那一大堆白的东西说，"这是上好的麻布，预备给贵国军队用的。我方才抱着这堆麻布在城里东门内的水池子里洗了回来，那池子又宽阔又清洁，里面没有鱼，也没有水草，正好洗这样贵重的材料，现在只有为洗麻布我才进城……"

　　他喋喋不休地说着，子胥看着这渺小的人物，每句话都使他变得更为渺小，这脸上的笑纹，有些可厌，有些可怜。只是他不住地提到"楚国的军队"，使子胥多添了几分忧虑，子胥正在沉吟时，那司巫忽然有所发现似的，扩大了他奸狡的眼光，重新打量着子胥的衣履和神情：

　　"客人不必考虑了，还是到舍下住一夜吧！"他说，"城里破破烂烂的，的确没有什么好住处。不然，就到南郊贵国的军营里去投宿……"这次提到楚国的军营，语气特别加重，含有一些威吓的意义。

　　子胥却宁愿冒着眼前的危险，也不愿多有一刻对着这样的面孔了，他顺口回答了一句，像是那句话的回声：

　　"我到军营里去投宿……"

　　"好好，"那人也顺着说，"我今晚也有公事，我要监督男觋女巫在神坛旁跳舞呢。他们的乐器和舞器早已搬到山上去了。那末再见，我明天再来奉看……"

司巫走了，子胥的心里有些忐忑不安，这样一个人，这样的姿态，这样的语气，好像在郢城里什么地方见过似的。不只在郢城，而且在他家的附近。那时，仿佛有这么一个陈国的人，曾经用过这样的语气和姿态，讨得许多人的欢喜，同时也讨得一些人的憎恶。子胥想到这里，不由得一回头，而那抱着一大包麻布的人也正一回头投给子胥一个刁狡的眼光。这眼光里含着猜疑、探究、计算，脸上也绝不是方才那样蔼若春风了。子胥赶快把头转回，心里感到一种不幸的事或许会到来，脚步也加快了，望着那座城走去。走了几步，还听见那人在后边喊：

"到贵国的军营里，用不着进城，走偏南的这条岔路最近——"

这句话里含着什么意义，子胥也自然感到，但是也顾虑不了那些，索性把脚步放得更快些，只回答一句："我先到城里看看。"

那座城果然四零五落，到处是火灾的痕迹。每个未倒的墙角下，每个没烧到的房檐下都蹲集着乞丐一般的居民，其余的大部分就是乱草和砖头瓦块。一个国都，火把它烧成这样子，二年了，竟没有人肯出来整理，这国家还成什么国家呢。子胥一边走一边想，心里七上八下，好像也填满了路上的砖瓦和碎石。走近东门，果然望见了一片周围百步的水池，水清见底，旁边有几个衣履稍为整洁的女子在那里洗衣服，子胥还看得出多半是楚军的军服。但他无心细看，只匆匆地从东门走出去了。

东门外是一座座的墓园。有的都被荆棘封住，无法走进。有的里边还有羊肠小径，好像有人出入。子胥选了一块较为隐秘、又较为整洁的地方，恰巧这里有几棵梅树，他便坐在树下。这时太阳已经落在宛丘的后边，子胥感到饥饿，从袋里掏出干粮。他一边吃，一边想，在不远的地方就有楚国的驻军，里边也许有他的乡人，也许有他少年时一起练习过骑射的同学。从城父到现在，不过刚半个月，却好像过了半生一般。他一路所经验的无非是些琐碎而复杂的事；原野永久是那样空阔，他只要一想到人，便觉得到处都织遍了蜘蛛网，一迈步便粘在身上，无法弄得清楚。他希望有一个简单而雄厚的力量，把这些人间的琐碎廓清一些。他想到他南方的故乡，那未经开发的森林，那里的还蕴藏着原始的力量的人们。他是怎样渴想拥抱那些楚国的士兵啊，但是不能，仇恨把他和他们分开了，他不但不能投到他们的怀里去，反倒要躲避他们，像是在这梅树下随时要提防蛇豸一般。他要好好地警醒这一夜，不要让草里的蛇豸爬到身上来……

墓园内走出一个细长的身体，停立在园门旁，口里不晓得哼哼些什么，尽在向着从城里的来路张望，望了很久，自言自语地说：

"怎么还没有回来呢？"口里又哼哼了一些什么，随后又说：

"是回来的时候了。"

他那焦急的、期待的心情，随着夜色一瞬比一瞬浓厚，自然没注意到梅树下的子胥。子胥也不愿意被人看见，但是不知怎么，不自主地做出一个声音，被他发现了。

"什么人在这梅树下边呢？"

"一个行路人，城里无处可以投宿，只有在这里过一夜。"

"舍下也是狭窄不堪，不能招待远人呀。"他说完这句话，又回到自己身上，自言自语，"怎么还没有回来呢？"

"你在等待着谁呢？"子胥问。

"我等待着我的妻。"他回答子胥，同时又自己发着牢骚，"这也是无可奈何的事，我不主张她做这样的事，她一定要去做，她只说，不去做怎样生活呢。咳，我是知足的，就是多么穷苦也活得下去 ——你知道吗，'衡门之下，可以栖迟；泌之洋洋，可以乐饥'这是我们陈国的名句，百多年前一个无名的诗人作的。有这样的名句传下来，就是多受一点穷也值得呀。"

"尊夫人做的是什么事呢?"

"还不是在东门里的水池旁给楚国的兵士洗衣裳。我们穷到这个地步,每人只有半件衣裳,一年未必能换洗一次。但楚国人是爱清洁的,天天洗澡,三天换一次衣裳。谁若能谋得一个洗衣的位置,每月的收入似乎比公卿大夫还要多。——其实,我真不愿意我的妻从那些楚国人的手里讨钱——因为他们是我们的敌人,若是没有他们,我们何至于穷到这等地步。"他说到这里,神情间有一刹那的兴奋,但声音立刻又低下去了。"敌人固然是敌人,我们在敌人的爪牙下,有什么办法呢。我只有守着我的贫穷,追念追念伏羲、神农的事业,啊,我们是大舜的后人呀,这已经可以自慰了⋯⋯"他说着说着,又哼起那个调子来,这次子胥却听懂了,正是《衡门》那首诗。

这人的谈话,时而骄傲,时而谦卑,显然是贫穷与患难使他的神经变了质,最初不肯同流合污,要把住一点理想过日子,但这理想似乎一天比一天模糊不定，而眼前的道路也恍惚迷离了。

静默了片刻。他仍然伸着脖颈期待着……

"尊寓就在这墓园里吗?"子胥想分一分他焦躁的心。

"本来住在城里。大火把我们烧出来了。有的人家还能存下一些墙角屋檐，但是我的家，因为收藏了一些简册，火势扑来，更增加了燃烧力，只有我的家烧得片瓦不存。现在我们就在这里，利用两座坟墓中间的隙地，用些木板盖成一座矮屋，这样，一住也将及两年了。啊，衡门之下，可以栖迟……"

子胥想不出什么安慰的话来，只是同情地叹了一口气。这点微弱的同情，他好像从来不曾得到过，雨露一般，正落在他的心里，引起他无限的感慨——

"如今，读书的人是一文钱也不值的。八十年前，灵公同夏姬把世风弄得太不成样子了，有些读书的人就作诗讽刺他，后来楚人来了，有些读书人又说，我们是舜的后人，怎么能臣服于江南的蛮人呢? 所以归终陈也好，楚也好，我们都成为人家的眼中钉。现在我们这些少数的余孽，既不敢作讽刺诗，也不敢称楚人为蛮人——却使人更看不起了，只好退在墓园里，抱着自己的贫穷，与死人为邻吧。"他胸怀里好像压着无限的委曲，语声只投入对方的人的耳里，此外的空气里不会起一点波动。这时梅树上聚集了几只鸮鸟，睁开大眼睛东张西望，目中无人。

那人即景生情，不知是对着子胥，还是对着鸮鸟，说："这些可怜的鸮鸟啊，白昼不知都到哪里去，一到晚间就飞到这里来，睁着大眼睛，在黑夜里探索什么呢？好像是探求智慧。你们叫不出媚耳的声音，又常常预示一些不祥的征兆，人们都把你们叫作不祥之物。但是我听说，在西方最远的山的西边，甚至在西海的西边，有座智慧的名城，那里的人供奉你们是圣鸟，你们为什么不飞到那里去呢？——我们读书人和你们有同样的运命，可惜我没有你们那样的翅膀呀，我有时真想飞，不住地望西飞，飞过了秦国——这不过是梦想罢了，我怎能飞呢？就看我这半件破衣裳，我也飞不起来呢。我应该抱着贫穷，衡门之下，可以栖迟……"他越说越语无伦次。

树上的鹚鸟只睁着大眼睛，一无所感。子胥却从来没有听人说过，西方有什么名城，把鹚当作圣鸟。他听着这人的谈话，时而可怜得像一片污泥，时而又闪出一些火星，自己不知身在何地，有些奇异的感觉了。那人兴奋了一阵，又回到自己身上，说一声，"这样晚了——"

静默中草里织着虫声。忽然有一只鹚鸟作出一个怪声音，其余的都随着展开翅膀悄悄地飞走了，远远有跑路的声音，越听越近，一个女子喘息的声音——

"回来了吗？"那人跑上去，迎着而接回一个中年的妇人。黑暗中子胥听着那女子喘息不定地一边走一边说："今晚把我急坏了……城门都关了，我怎么也走不出来……司巫率领着一些男觋女巫，——今晚宛丘上没有灯火吧，恐怕他们连跳舞都没有举行，——搜查一个什么楚国的亡臣……据说若是把这亡臣捉到，献给楚王，陈国会得到许多好处……至少，他自己得到许多好处……可是，家家搜查，都没有查出来……现在东门才打开……"她兴奋地说着，那人拉着她走进墓园，把梅树下的那个外乡人，丢在渐渐寒冷起来的夜里。

昭

關

五

昭关

子胥在郑国和陈国绕了一个圈子，什么也没有得到，又回到楚国的东北角，他必须穿过这里走到新兴的吴国去。北方平原上的路途并没有耽搁了他多少时日，如今再回到楚国的领域，一切都显露出另一个景象，无处不在谈讲着子胥的出奔。就是这偏僻的东北角，人人的举动里也好像添了几分匆忙，几分不安。情形转变得这样快，有如在春天，昨天还是冷冷地、阴沉地，一切都隐藏在宇宙的背后，忽然今天一早起，和暖的春阳里燕子来了，柳絮也在飞舞。如今在人们的眼前现出来一个出奔的子胥，佩着剑，背着弓，离开城父向不知名的地方跑去，说是要报父兄的仇恨……士大夫为了这件事担忧，男孩子为了这件事鼓舞，妇女们说起这件事来像另一个世界里的奇异的新闻。但是并没有人感到，他们所谈讲的人物正悄悄地在他们的门外走过。

"这一切，是为了我的缘故吗？"

子胥这样想时，感到骄傲，感到孤单。

他看着这景象，他知道应该怎样在这些人的面前隐蔽自己：他白昼多半隐伏在草莽里，黄昏后，才寻索着星辰指给他的方向前进。秋夜，有时沉静得像一湖清水，有时动荡得像一片大海；夜里的行人在这里边不住前进，走来走去，总是一个景色。身体疲乏，精神却是宁静的，宁静得有如地下的流水。他自己也觉得成了一个冬眠的生物，忘却了时间。他有时甚至起了奇想，我的生命就这样在黑夜里走下去吗？

可是那有时静若平湖、有时动若大海的夜渐渐起了变化，里边出现了岛屿，道路渐渐坎坷不平，他不能这样一直无碍地走下去了，有的地方要选择，有的地方要小心，好像预示给他，他的夜行要告一个结束。

昭关在他的面前了。

昭关，本来是无人理会的荒山，一向被草莽和浓郁的树林蔽塞着。近几十年，吴国兴盛起来了，边疆的纠纷一天比一天多，人们在这山里开辟出行军的道路；但正因它成为通入敌国的要塞，有时又需要封锁它比往日的草莽和树林还要严紧。楚国在这里屯集了一些兵，日夜警醒着怕有间谍出没。一个没有节传的亡人，怎么能够从这里通过呢？

一天，他在晓色朦胧中走到昭关山下的一座树林里，雾气散开后，从树疏处望见一座雄壮的山峰，同时是一片号角的声音，刹那间他觉得这树林好像一张错综的网，他一条鱼似的投在里边，很难找得出一条生路。他在这里盘桓着，网的包围仿佛越来越紧，他想象树林的外边，山的那边，当是一个新鲜的自由的世界，一旦他若能够走出树林，越过高山，就无异从他的身上脱去了一层沉重的皮。蚕在蜕皮时的那种苦况，子胥深深地体味到了；这旧皮已经和身体没有生命上深切的关联，但是还套在身上，不能下来；新鲜的嫩皮又随时都在渴望着和外界的空气接触。子胥觉得新皮在生长，在成熟，只是旧皮什么时候才能完全脱却呢？

子胥逡巡在这里，前面是高高耸起的昭关山，林中看不清日影的移动，除却从山谷里流出来的溪水外，整个的宇宙都好像随着他凝滞了。怎样沿着这蜿蜒的溪水走入山谷，穿过那被人把得死死的关口，是他一整天的心里积着的问题，但是怎么也得不到一个适当的回答。他自己知道，只有暂时期待着，此外没有其他的办法，一天这样过去了，而所期待的无一刻不是渺茫的、无名的、悬在树林外又高又远的天空。

夜又来了，可是他不能像他一向那样，夜一来就开始走动，林中夜里一切的景色更是奇异，远远有豺狼号叫的声音，树上的鸟儿们都静息了，只剩下鸱枭间或发出两三声啼叫；有时忽然一阵风来，树枝杈桠作响，一根根粗老的树干，都好像尽力在支持着这些声音。使人的心境感到几分温柔的，也只有那中间不曾停顿一刻的和谐的溪水。他走向溪水附近，树木也略微稀疏了些。他听着这溪水声更稔熟、更亲切了，仿佛引他回到和平的往日，没有被污辱了的故乡。他远望夜里的山坡，不能前进，他只有想，想起他的少年时代，那时是非还没有颠倒，黑白也没有混淆，他和任何人没有两样，学礼，习乐，练习射御，人人都是一行行并列的树木，同样负担着冬日的风雪与春夏的阳光，他丝毫不曾预感到他今日的特殊的运命。事事都平常而新鲜，正如这日夜不断的溪水——谁在这溪水声中不感到一种永恒的美呢？但这个永恒渐渐起了变化：人们觉得不会改变的事物，三五年间竟不知不觉地改换成当初怎么也想象不到的样子。依旧是那个太阳，但往日晴朗的白昼，会变得使人烦闷，困顿；依旧是这些星辰，但往日清爽的良夜，会变得凄凉、阴郁。亲切的朋友几年的工夫会变成漠不相干的陌生人；眼看着一个诚实努力的少年转眼就成为欺诈而贪污的官吏。在楚王听信谗臣，大兴土木的气氛中，有多少老诚的人转死沟壑；而又有一群新兴的人，他们开始时，只好像不知是从什么地方来的一群乞儿，先是暗地里偷窃，随后就彰明昭著地任意抢夺，他们那样肆无忌惮，仿佛有什么东西在保护着他们。不久，他们都穿上抢来的衣冠，郢城里建筑起新的房屋；反倒把些旧日循规蹈矩的人们挤回到西方的山岳里去。这变化最初不过是涓涓的细流，在人们还不大注意时，已经泛滥成一片汪洋，人人都承认这个现象，无可奈何了。变得这样快，使人怀疑到往日的真实。

从少年到今日，至多不过十几年，如今他和一般人竟距离得这样远了，是他没有变，而一般人变了呢；还是一般人没有变，只是他自己变了？他无从解答这个问题，他觉得，独自在这荒诞的境界里，一切都远了，只有这不间断的溪声还依稀地引他回到和平的往日。他不要往下想了，他感到无法支持的寂寞，只希望把旧日的一切脱去，以一个再生的身体走出昭关。

他坐在草地上，仰望闪烁不定的星光。这时不远的山坡上忽然有一堆火熊熊地燃烧起来，火光渐渐从黑暗中照耀出几个诚挚的兵士的面庞，他们随着火势的高下齐声唱起凄凉的歌曲。这些兵士都是从江南湘沅之间招集来的，在这里为楚国把守要塞。他们都勇敢、单纯，信仰家乡的鬼神。他们愿意带长剑，挟秦弓，在旌旗蔽日的战场上与敌人交锋，纵使战死了也甘心，因为魂魄会化为鬼雄，回到家乡，受乡人的祭享。但是现在，边疆暂时无事，这个伟大的死，他们并不容易得到，反而入秋以来，疟疾流行，十人九病，又缺乏医药，去年从秦国运来的一些草药，都被随军的医师盗卖给过路药商了。——比起那些宛丘的驻军，他们都是郢城的子弟，由楚王的亲信率领着，在陈国要什么有什么，过着优越的生活，这里的士兵，虽然也在楚国的旗帜下，却显得太可怜了。他们终日与疾病战斗：身体强的，克制了病；身体弱的，病压倒了人。还有久病经秋的人，由疟疾转成更严重的疾病，在他临危到最后的呼吸时，无情的军官认为他不能痊愈了，就把他抛弃在僻静的山坡上，让他那惨白无光的眼睛再望一望晴朗的秋空。当乌鸦和野狗渐渐和他接近时，他还有气没力地举起一只枯柴似的手来抵御……

那一堆火旁是几个兵士在追悼他们病死在异乡的伙伴，按照故乡的仪式。其中有一个人充作巫师，呜呜咽咽地唱着招魂的歌曲。声音那样沉重，那样凄凉，传到子胥的耳里，他不知道他所居处的地方是人间呢，还是已经变成鬼蜮。随后歌声转为悲壮，巫师在火光中作出手势向四方呼唤，只有向着东方的时候，子胥字字听得清楚：

魂兮归来！
东方不可以讬些！
长人千仞，
惟魂是索些！

子胥正要往东方去，听着这样的词句，觉得万事都像是僵固了一般，自己蜷伏在草丛中，多么大的远方的心也飞腾不起来了。他把他的身体交给这非人间的境界，再也不想明天，再也无心想昭关外一切的景象。——那团火渐渐微弱下去，火光从兵士的面上降到兵士的身上，最后他们的身体也渐渐模糊了，招魂的巫师以最低而最清晰的声音唱出末尾的两句，整个的夜也随着喘了一口气：

魂兮归来！

反故居些！

　　子胥的意识入朦胧的状态，他的梦魂好像也伴着死者的魂向着远远的故居飘去，溪水的声音成为他唯一的引导。子胥的心境与死者已经化合为一，到了最阴沉最阴沉的深处。

　　第二天的阳光有如一条长缏把他从深处汲起。他一睁眼睛，对面站着几个朴实的兵士。他们对他说，要在山上建筑兵营，到关外去采伐木材，人力不足，不能不征用民夫，要他赶快随着他们到山腰的一个广坪上去集合。这时这条因为脱皮困难几乎要丧掉性命的蚕觉得旧皮忽然脱开了，——而脱得又这样迅速！

　　子胥混在那些褴褛不堪的民夫的队伍中间，缓缓地、沉沉地，走出昭关。这队伍都低着头，没有一些声息，子胥却觉得旧日的一切都枯叶一般一片一片地从他身上凋落了，他感到从未有过的清爽：他想，有一天他自己会化身为那千仞的长人，要索取他的仇敌的灵魂。

子胥在关外的树林里伐木时，在一池死水中看见违离了许久的自己的面貌，长途的劳苦，一夜哀凉的招魂曲，在他的鬓角上染了浓厚的秋霜。头发在十多天内竟白了这么多，好像自然在他身上显了一些奇迹，预示给他也可以把一些眼前还视为不可能的事实现在人间。

江

子胥望着昭关以外的山水，世界好像换了一件新的衣裳，他自己却真实地获得了真实的生命。这里再也不会那样被人谈讲着，被人算计着，被人恐惧着了，他重新感到他又是一个自由的人。时节正是晚秋，回想山的北边，阴暗而沉郁，冬天已经到来；山的这边，眼前还是一片绿色，夏天仿佛还没有结束。向南望去，是一片人烟稀少的平原，在这广大无边的原野里，子胥渴望着，这时应该有一个人能分担他新生的幸福。他知道，这寂寞的平原的尽处是一道大江，他只有任凭他的想象把他全生命的饥渴扩张到还一眼望不见的大江以南去。

　　他离开了昭关，守昭关的兵士对于这中间逃脱的民夫应该怎样解释呢？是听其自然呢，还是往下根究？子胥在欣庆他的自由时，一想起宛丘的夜，昭关的夜，以及在楚国东北角的那些无数的夜，他便又不自觉地感到，后面好像有人在追赶：一个鸟影，一阵风声，都会忽然增加他的疑惑。

　　他在这荒凉的原野里走了三四天，后来原野渐渐变成田畴，村落也随着出现了，子胥穿过几个村落，最后到了江边。一到江边，他才忽然感到，江水是能阻住行人的。

子胥刚到江边时，太阳已经西斜，岸上并没有一个人，但是等他站定了，正想着不知怎样才能渡过时，转瞬间不知从哪里来的，三三两两集聚了十来个人：有的操着吴音，有的说着楚语，可是没有一个人注意子胥的行动，也不觉得他是什么特殊的人。子胥却局促不安，江过不去，望后一步也不能退，只好选择一块石头坐下。等到他听出谈话的内容时，也就心安了。他听着，有人在抱怨，二十年来，这一带总是打过来打过去，不是楚国的兵来了，就是吴国的兵来了，弄得田也不好耕，买卖也不好做，一切不容许你在今天计划明天的事。其中有一个上了年纪的人接着说："前几天吴王余昧死了，本应该传给季札，全吴国的人也都盼望传给季札，但是季札死也不肯接受，退到延陵耕田去了，王位只好落在余昧的儿子叫做僚的身上。这位僚王仍然是本着先王的传统，兴兵动众，好像和楚国有什么解不开的仇似的。——谁不希望季札能够继位，改变改变世风呢？他周游过列国，在中原有多少贤士大夫都尊敬他，和他结交；他在鲁国听人演奏各国音乐，从音乐里就听得出各国的治乱兴衰。一个这样贤明的人偏偏不肯就王位，要保持他的高洁。"

"这算什么高洁呢，使全吴国的人都能保持高洁才是真高洁。他只自己保持高洁，而一般人都还在水火里过日子，——我恨这样的人，因为追溯根源，我们都是吃了他高洁的苦。"一个年轻的人愤恨地说。

那老年人却谅解季札，并且含着称赞的口气："士各有志，我们也不能相强啊。他用好的行为启示我们，感动我们，不是比作国王有意义得多吗？一代的兴隆不过是几十年的事，但是一个人善良的行为却能传于永久。——就以他在徐君墓旁挂剑的那件事而论，有人或者会以为是愚蠢的事，但对于友情是怎样好的一幅图画！"

季札在死友墓旁挂剑的事，子胥从前也若有所闻，他再低下头看一看自己身边佩着的剑，不觉起了一个愿望："我这时若有一个朋友，我也愿意把我的剑，十年未曾离身的剑，当做一个友情的赠品，——不管这朋友活着也好，死了也好。而我永久只是一个人。"子胥这样想时，也就和那些人的谈话隔远了，江水里的云影在变幻，他又回到他自己身上。这时江水的上游忽然浮下一只渔船，船上回环不断地唱着歌：

日月昭昭乎侵已驰，
与子期乎芦之漪。

面前的景色，自己的身世，日月昭昭乎侵已驰，是怎样感动子胥的心！他听着歌声，身不由己地从这块石头站起来，让歌声吸引着，向芦苇丛中走去。那些江边聚谈的人，还说得很热闹，子胥离开了他们，像是离开了一团无谓的纷争。

他也不理解那渔夫的歌词到底含有什么深的意

义，他只逡巡在芦苇旁。西沉的太阳把芦花染成金色，半圆的月也显露在天空，映入江心，是江里边永久捉不到的一块宝石。子胥正在迷惑不解身在何境时，渔夫的歌声又起了：

日已夕兮予心忧悲，

月已驰兮何不渡为？

歌声越唱越近，渔舟在芦苇旁停住了。子胥又让歌声吸引着，身不由己地上了船。

多少天的风尘仆仆，一走上船，呼吸着水上清新的空气，立即感到水的温柔。子胥无言，渔夫无语，岸上的谈话声也渐渐远了，耳边只有和谐的橹声，以及水上的泡沫随起随灭的声音。船到江中央，红日已经沉没，沉没在西方的故乡。江上刮来微风，水流也变得急骤了。子胥对着这滔滔不断的流水，心头闪了几闪的是远古的洪水时代，治水的大禹怎样把鱼引入深渊，让人平静地住在陆地上。——他又想这江里的水是从郢城那里流来的，但是这里的江比郢城那里宽广得多了。他立在船头，身影映在水里，好像又回到郢城，因为那里的楼台也曾照映在这同一的水里。他望着江水发呆，不知这里边含有多少故乡的流离失所的人的眼泪。父亲的、哥哥的尸体无人埋葬，也许早已被人抛入江心；他们得不到祭享的魂灵，想必正在这月夜的江上出没。郢城里一般的人都在享受所谓眼前的升平，谁知道这时正有一个人在遥远的江上正准备着一个工作，想把那污秽的城市洗刷一次呢。子胥的心随着月光膨胀起来，但是从那城市里传不来一点声音，除却江水是从那里流来的……

他再看那渔夫有时抬起头望望远方，有时低下头看看江水，心境是多么平坦。他是水上生的，水上长的，将来还要在水上死去。他只知道水里什么地方有礁石，却不知人世上什么地方艰险。子胥在他眼里是怎样一个人呢？一个不知从何处来，又不知向哪里去的远方的行人罢了。他绝不会感到，子胥

073

抱着多么沉重的一颗心；如果他感到一些，他的船在水上也许就不会这样叶子一般地轻飘了。但是子胥，却觉得这渔夫是他流亡以来所遇到的唯一的恩人，关于子胥，他虽一无所知，可是这引渡的恩惠有多么博大，尤其是那两首诗，是如何正恰中子胥的运命。怕只有最亲密的朋友才唱得出这样深切感人的歌词，而这歌词却又吐自一个异乡的、素不相识的人的口里。

船缓缓地前进着。两人在两个完全不同的世界，一个整日整夜浸在血的仇恨里，一个疏散于清淡的云水之乡。他看那渔夫摇橹的姿态，他享受到一些从来不曾体验过的柔情。往日的心总是箭一般的急，这时却惟恐把这段江水渡完，希望能多么久便多么久与渔夫共同领会这美好的时刻。

黄昏后，江水变成了银河，月光显出它妩媚的威力，一切都更柔和了。对面的江岸，越来越近，船最后不能不靠岸停住，子胥深感又将要踏上陆地，回到他的现实，同时又不能不和那渔夫分离。

一个素不相识的人，怎么能一开口就称他朋友呢？船靠岸了，子胥走下船，口里有些嗫嚅，但他最后不得不开口：

"朋友。"渔夫听到这两个字，并不惊奇，因为他把这当作江湖上一般的称呼，但是在子胥心里，它却含有这字的根本的意义。"我把什么留给你作纪念呢？"渔夫倒有些惊奇了。

这时子胥已经解下他的剑，捧在渔夫的面前。

渔夫吓得倒退了两步，他说："我，江上的人，要这有什么用呢？"

"这是我家传的宝物，我佩带它将及十年了。"

"你要拿这当作报酬吗？我把你渡过江来，这值得什么报酬呢？"渔夫的生活是有限的，江水给他的生活划了一个界限；他常常看见陆地上有些行人，不知他们为什么离乡背井要走得那么远。既然远行，山水就成为他们的阻碍；他看惯了走到江边过不来的行人，是多么苦恼！他于是立下志愿，只要一有闲暇，就把那样的人顺便渡过来。因为他引渡那些阻于大江的辛苦的行人的时刻多半在晚间，所以就即景生情，唱出那样的歌曲。渔夫把这番心意缩成一句不关重要的话："这值得什么报酬呢？"

这两个人的世界不同，心境更不同。子胥半吞半吐地说："你渡我过了江，同时也渡过了我的仇恨。将来说不定有那么一天，你再渡我回去。"渔夫听了这句话，一点也不懂，子胥看见月光下渔夫满头的银发，他蒙眬的眼睛好像在说："我不能期待了。"这话，渔夫自然说不出，他只拨转船头，向下游驶去。

子胥独自立在江边，进退失据，望着那只船越走越远了，最后他才自言自语地说："你这无名的朋友，我现在空空地让你在我的面前消逝了，将来我却还要寻找你，不管是找到你的船，或是你的坟墓。"

他再一看他手中的剑，觉得这剑已经不是他自己的了：他好像是在替一个永久难忘的朋友保留着这支剑。

溧水

吴国，从泰伯到现在，是一个长夜，五六百年，谁知道这个长夜是怎样过去的呢？如今人人的脸上浮漾着阳光，都像从一个长久的充足的睡眠里醒过来似的。在这些刚刚睡醒了的人们中间，有一个溧水旁的女子，她过去的二十年也是一个长夜，有如吴国五六百年的历史；但唤醒她的人却是一个从远方来的、不知名的行人。

身边的眼前的一切，她早已熟悉了，熟悉得有如自己的身体。风吹动水边的草，不是同时也吹动她的头发吗，云映在水里，不是同时也映在她的眼里吗。她和她的周围，不知应该怎样区分，因此她也感觉不到她的生存，她不知道除了"我"以外还有一个"你"。

江村里的一切，一年如一日地过着。只有传说，没有记载。传说也是那样朦胧，不知从什么时候开的端，也不知传到第几辈儿孙的口里就不往下传述了。一座山，一条水，就是这里的人的知识的界限，山那边，水那边，人们都觉得不可捉摸，仿佛在世界以外。

这里的路，只通到田野里去，通到树林的边沿去，决不会通到什么更远的地方。——但是近年来，常常听人提到西方有一个楚国了，间或听说楚国也有人到这里来；这不过只是听着人说，这寂寞的江村，就是邻村的人都不常经过，哪里会有看到楚人的机会呢？

寂静的潭水，多少年只映着无语的天空，现在忽然远远飞来一只异乡的鸟，恰巧在潭里投下一个鸟影，转眼间又飞去了：潭水应该怎样爱惜这生疏的鸟影呢。——这只鸟正是那挟弓郑、楚之间，满身都是风尘的子胥。

子胥脚踏着吴国的土地，看着异乡的服装，听着异乡的方言，心情异样地孤单。在楚国境内，自己是个夜行昼伏的流亡人，经过无限的艰险，但无论怎样的奇异的景况，如今回想起来，究竟都是自己生命内应有的事物；无论遇见怎样奇异的人，楚狂也好，昭关唱招魂曲的兵士也好，甚至那江上的渔夫，都好像一个多年的老友，故意在他的面前戴上了一套揭不下来的面具。如今到了吴国，一切新鲜而生疏：

时节正是暮秋，但原野里的花草，仍不减春日的妩媚；所谓秋，不过是使天空更晴朗些，使眼界更旷远些，让人更清明地享受这永久不会衰老的宇宙。这境界和他紧张的心情怎么也配合不起来。他明明知道，他距离他的目的已经近了许多，同时他的心里却也感到几分失望。

他精神涣散，身体疲乏，腹内只有饥饿。袋里的干粮尽了，昨天在树林里过了一夜，今天沿着河边走了这么久，多半天，不曾遇见过一个人，到何处能够讨得一钵饭呢？他空虚的，瘦长的身体柔韧得像风里的芦管一般，但是这身体负担着一个沉重的事物，也正如河边的芦苇负担着一片阴云、一场未来的暴风雨。他这样感觉时，他的精神又凝集起来，两眼放出炯炯的光芒。一个这样的身体，映在那个水边浣衣的女子的眼里，仿佛一棵细长的树在阳光里闪烁着。他越走越近，她抬起头来忽然望见他，立即又把头低下了。

她见惯田里的农夫，水上的渔人，却从不曾见过一个这样的形体，她并没有注意到他从远方走来，只觉得他忽然在她的面前出现了，她有些惊愕，有些仓皇失措……

子胥本不想停住他的脚步，但一瞬间看见柳树下绿草上放着一只箪笥，里面的米饭还在冒着热气，这时他腹中的饥饿再也不能忍耐了。他立在水边，望着这浣衣的女子，他仿佛忽然有所感触，他想：

——这景象，好像在儿时，母亲还少女样的年轻，在眼前晃过一次似的。

那少女也在沉思：

——这样的形体，是从哪里来的呢？在儿时听父亲讲泰伯的故事，远离家乡的泰伯的样子和他有些相像。

他低着头看河水，他心里在说：

——水流得有多么柔和。

——这人一定走过长的途程，多么疲倦。她继续想。

——这里的杨柳还没有衰老。

——这人的头发真像是一堆蓬草。

——衣服在水里漂浮着，被这双手洗得多么清洁。

——这人满身是灰尘，他的衣服不定有多少天没有洗涤呢。

——我在一个这样人的面前真龌龊啊。

——洗衣是我的习惯。

——穿着这身沉重的脏衣服是我的命运。

——我也愿意给他洗一洗呢。

——箪笥里的米饭真香呀。

——这人一定很饿了。

一个人在洗衣，一个人伫立在水边，谁也不知道谁的心里想的是什么，但是他们所想的，又好像穿梭似的彼此感到了。最后她想，"这人一定很饿了。"他正芦苇一般弯下腰，向那无意中抬起头来的女子说：

"夫人，箪笥里的米饭能够分出一些施舍给一个从远方来的行人吗？"

她忽然感到，她心里所想的碰到一个有声的回答。她眼前的宇宙好像静息了几千年，这一刻忽然来了一个远方的人，冲破了这里的静息，远远近近都发出和谐的乐声——刹那间，她似乎知道了许多事体。她不知怎样回答，只回转身把箪笥打开，盛了一钵饭，跪在地上，双手捧在子胥的面前。

这是一幅万古常新的画图：在原野的中央，一个女性的身体像是从草绿里长出来的一般，聚精会神地捧着一钵雪白的米饭，跪在一个生疏的男子的面前。这男子是一个什么样的人呢？她不知道。也许是一个战士，也许是一个圣者。这钵饭吃入他的身内，正如一粒粒的种子种在土地里了，将来会生长成凌空的树木。这画图一转瞬就消逝了，——它却永久留在人类的原野里，成为人类史上重要的一章。

她把饭放在那生疏的行人的手里，两方面都感到，这是一个沉重的馈赠。她在这中间骤然明了，什么是"取"，什么是"与"，在取与之间，"你"和"我"也划然分开了。随着分开的是眼前的形形色色。

她正如一间紧紧关住的房屋，清晨来了一个远行的人，一叩门，门开了。

她望着子胥在吃那钵盛得满满的米饭，才觉得时光在随着水流。子胥慢慢吃着，全身浴在微风里，这真是长途跋涉中的一个小的休息，但这休息随着这钵饭不久就过去了。等到他吃完饭，把空钵不得不交还那女子时，感谢的话不知如何说出。他也无从问她的姓名，他想，一个这样的人在这样的原野里，"溧水女子"这个称呼不是已经在他的记忆里会发生永久的作用吗，又何必用姓名给她一层限制呢。他更不知道用什么来报答她。他交还她的钵时，交还得那样缓慢，好像整个的下午都是在这时间内消逝的一般。

果然，她把钵收拾起来后，已经快到傍晚的时刻了。她望着子胥拖着自己的细长的身影一步一步地走上渺茫的路途，终于在远远的疏林中消逝。

这不是一个梦境吗？在这梦境前她有过一个漫长的无语的睡眠，这梦境不过是临醒时最后的一个梦，梦中的一切都记在脑里，这梦以前也许还有过许多的梦，但都在睡眠中忘却了。如今她醒了，面对着一个新鲜的世界，这世界真像是那个梦境给遗留下来的一般。

她回到家门，夕阳正照映着她的茅屋，她走进屋内，看见些日用器具的轮廓格外分明，仿佛是刚刚制造出来的。这时她的老父也从田地里回来，她望他望了许久，不知怎么想起一句问话：

"从前泰伯是不是从西方来的？"

"是的，是从西方。"

"来的时候是不是一个人？"

"最初是一个人——后来还有他的弟弟仲雍。"

这时暮色已经朦胧了她眼前一度分明的世界。她想，她远古的祖母一定也曾像她今天这样，把一钵米饭呈献给一个从西方来的饥饿的行人。

延

陵

在长途的跋涉里，子胥无时不感到身后有许多的事物要抛弃，面前有个绝大的无名的力量在吸引。只有林泽中的茅屋，江上的晚渡，溧水的一饭，对于子胥是一个反省，一个停留，一个休息。这些地方使他觉得宇宙不完全是城父和昭关那样沉闷、荒凉，人间也绝不都是太子建家里和宛丘下那样地卑污、凶险。虽然寥若晨星，到底还是有几个可爱的人在这茫茫的人海里生存着。

如今他走入延陵的境内——他在子产的墓旁，在落日的江边所怀念过的那个人人称誉的贤人不是正在这里任何一所房子里起居，正在这里任何一块田上耕作吗？他想到这里，胸怀忽然敞亮，眼前的一水一木也更为清秀了。假如季札是古人，他不定多么惆怅，他会这样想，如果季札与我同时，我路过这里，我一定把无论多么重要的事都暂时放在一边，要直接面对面向这个贤者叙一叙我倾慕的情愫。但季札并不是古人，他正生存在这地方的方圆数十里内，路上的行人随时都可以叩一叩他的门，表达景仰的心意。

可是子胥却有几分踌躇了。他觉得，现在不是拜见季札的时刻，将来也未必有适宜的时刻。若说适宜，也许在过去吧。——在以前，在他没有被牵扯在这幕悲剧里以前，那时他还住在郢城里，父亲无恙，长兄无恙，在简单的环境中，一个青年的心像纸鸢似的升入春日的天空，只追求纯洁而高贵的事物。那时，他也许为了季札的行径，起了感应，愿意离开家人，离开故乡，离开一切身边熟悉的事物，走遍天涯，去亲一亲这超越了一切的贤人的颜色。可是，现在已经不是那个时候了。他虽然还有向着高处的、向着纯洁的纸鸢似的心，但是许多沉重的事物把他拖住了，不容许他的生命像水那样清，像树那样秀。他一路上已经在些最丑陋、最卑污的人群里打过滚，不像季札在二十年前周游列国时听的是各国的音乐，接受的是子产、晏平仲那样的人物，就是一座友人的坟墓，他也会用一支宝剑把它点缀得那样美。走过了许多名山大川，一旦归来，把王位看得比什么都轻，不理会一切的纠葛，回到延陵耕田去了。这个生命是多么可爱！而子胥却把父兄的仇恨看得比什么都重，宁愿为它舍弃了家乡，舍弃了朋友，甚至舍弃了生命。他在路上被人看做乞丐，被人看做贩夫，走路时与牛马同群，坐下休息时与虫豸为邻，这样忍辱含垢，只为的是将有回到楚国的那一天。到那时，并没有青青的田野留着给他耕种，却只有父亲的血、长兄的血，等待他亲手去洗。渔夫的白发，少女的红颜，只不过使子胥的精神得到暂时的休息，是他视界里的一道彩虹，并不能减轻一些他沉重的负担……

这时，迎面跑来十几个青年男女，穿着色彩谐调的衣裳，每个人的手里都举着一束雪白的羽毛，他们的语声和笑声在晴朗的秋阳中显得格外清脆。有的说，今天的舞蹈真是快乐；有的说，那新建筑的雩坛有多么宽广；有的说，我们这里沟渠这样多，雨水也调和，要雩坛作什么呢，不过是供我们舞蹈罢了；有的说，四围的柳树多么柔美，我们舞的时候，那些长的柳条也随着我们舞呢；最后一个女孩子说，我们真荣幸，今天季札看我们的舞蹈，从头看到尾。

子胥听着这些话，好像走入一个快乐而新鲜的世界，一个经过宛丘、经过昭关的人，望着这一群活泼的青年，他深深地觉得，他在这样的世界里已经没有一点份，心里感到难言的痛苦。等到他们连跑带跳地走远了，子胥的精神恍惚了许久，最后又回到他自己考虑着的问题：他想，这时的季札一定是刚刚看完了这一群青年的舞蹈回来，正在家里休息。

"往前走呢？还是登门拜访？"

往前走，他知道往前走的终点是吴国的国都。在那里，他要设法拜谒吴王，要以动听的言词感动吴王的心，早日实现大规模的西征。假如季札不那样轻视王位，他接受了余昧的王位，那么他在吴市所要拜谒的和这里所要拜访的就是一个人，也就不会有这番心理的冲突了。偏偏季札又看不起他所要拜谒的王位。他这时若要拜访季札，不会因之减少他所要拜谒的那个王位的价值吗？假如他扣开了季札的门，一个将近老年的贤者含着笑迎接他，说出这样客气的话——

“先生远远地从西方来，将何以见教？”

他要用什么样的话回答呢？是说他复仇的志愿，还是叙述他一向仰慕的心？若是说他复仇的志愿，又何必到季札这里来？若是叙述他仰慕的心，走出季札的门，又何必还望东去呢？

小路上的桥渐渐多起来了。这都是季札率领着这一带的农人所挖的沟渠。大地上布着水网，在绿野里闪烁着交错的银光。面前许多农夫农妇来来往往地工作着。他的身边有两个老人一边走着，一边说着：

“令孙今天也加入舞蹈了吗？”

“小孩子们谁不愿意加入呢？”

“听说下月还要在雩坛上演奏中原的音乐呢。”

“如今年轻的人们真是快乐，我们从先没有享受过——”

“这要感谢季札。”

子胥心里想：我本来也应该有这样一片地，率领着一些农人做些这样的工作，并且建筑一座宽广的雩坛，让青年们受些舞蹈与音乐的熏陶。但是如今不可能，将来也不可能了。是怎样一个可怕的运命使我像丧家之犬似的到处奔驰，就是最庸俗最卑污的人都有权利看我比他还庸俗还卑污。其实我所钦佩的，正是那个连王位都不置一顾的季札。

季札的门并不是宫门那样森严，随时都可以扣得开，子胥的心也不住地向那边向往。但是这可怕的运命把他们隔开了，他的心无论怎样往那里去，他的身体却不能向那里走近一步。水里有鱼，空中有鸟，鱼望着鸟自由地飞翔，无论怎样羡慕，愿意化身为鸟，运命却把它永久规定在水里，并且发不出一点声音。——子胥想到这里时，对于登门拜访季札的心完全断念了。同时也仿佛是对于他生命里一件最宝贵的事物的断念。正如掘发宝石的人分明知道什么地方有宝石，发掘泉水的人分明知道什么地方有泉水，但是限于时间，限于能力，不能不忍着痛苦把那地方放弃。

这时他觉得，他是被一个气氛围绕着，他走到哪里，那气氛跟到哪里，在他没有洗净了他的仇恨之先，那气氛不会散开，也不容他去瞭望旁的事物。但是生命有限，一旦他真能达到目的，从这气氛里跳出来，他该是一个怎样的人呢？他无从预想，他也不敢预想。延陵的山水虽然使他留恋难舍，可是他知道他眼前的事是报仇雪恨，他也许要为它用尽他一生的生命。他眼前的事是一块血也好，是一块泥也好，但是他要用全力来拥抱它。

延陵，是一段清新的歌曲，他在这里穿行，像是在这歌曲里插进一些粗重的噪音。最后他加紧脚步，忍着痛苦离开延陵，归终没有去叩季札的门。

吴市

九 吴市

村落渐渐稠密，路上的行人渐渐增多，在远方的晨光中一会儿闪出一角湖水，一会儿又不见了，走过一程，湖水又在另一个远远的地方出现。子胥自己觉得像是一条经过许多迂途的河水，如今他知道，离他所要注入的湖已经不远了。他心里盘算着，若不是在下午，必定就是晚间，一个新兴的城市就要呈现在他的面前。

　　刚过中午不久，他就遇见些从市集归来的人，三三五五地走着，比他所期望的早得多，忽然一座城在望了。他又低着头走了一些时，不知不觉在空气中嗅到鱼虾的腥味，原来西门外的市集还没有散完。地湿漉漉的，好像早晨落过一阵小雨，这时阴云也没有散尽，冷风吹着，立刻显出深秋的景象。郢城，他久已不见了，无法比较，但是比起郑国和陈国的首都，这里的行人都富裕得多，人人穿着丝绵的衣裳，脸上露着饱满的笑容，仿佛眼前有许多事要做似的，使这座城无时无刻不在膨胀。子胥正以他好奇的眼光观看一切，忽然听到一片喧哗，看见在不远的地方聚集着一堆人。这些人围拢在一家门前，门前站立着一个高大的男子，那男子满脸怒容，发出粗暴的声音说——

"放着眼前有一片空阔的广场，你们不去摆你们的摊子，偏偏摆在我的门前，摆完了又不替我打扫，在白石的台阶上丢下些鱼鳞虾皮就走了，弄得我的房里充满了腥气！"

他这样喊着，并没有得到回答，四围的人听了只是嘻嘻地笑。这无异于在他的怒火上加油，他的牢骚越发越大：

"我住在这里，本来是清清静静的，不想沾惹你们，天天早晨打开门，是一片绿油油的田野。但是几年来，城里不知为什么容不下你们了，在我的四围左盖起一所房子，右盖起一所房子，把我这茅屋围得四围不透气。我住的本来是郊，不知怎么就变成了郭了。我当然无权干涉你们，但是你们真会搅扰我。一清早就有女人们唱着不知从哪里学来的外国歌，那样不自然，像是鹦鹉学人说话一般；晚上又是男人们呼卢喝雉的声音。弄得我早晨不能安心研究我的剑术，晚上不能睡眠。你们这些人——"

他的憎恨使他的语言失却理性，大部分的人还是嘻嘻地笑。但是住在近邻的几家人有些受不住了：

"你这自私的独夫，我们在晚间消遣解闷，干你什么事？难道因为你住在我们的近邻，我们就不做声？"

"你们这群败类，"他的愤恨促使他说出更粗野的话，"你们就和这些腐烂的鱼鳞虾皮一样地腥臭。"

这句话激怒了群众。"他侮辱我们！""他骂我们！""我们要和他到官府去解决！"大家你一言我一语地，有的向后退了两步，有的又挤上前，这人看着这群人的激动，便挽起袖子，他的两只胳膊上露出来两条纹饰的毒龙。当他拔出他腰间的匕首时，四围又是一片暂时的平静，平静中含着一些悚惧。正在这瞬间，门内走出一个老太婆——

"专诸，进来吧！你又在闯什么祸？"

那人听见母亲在门内呼唤他，他的愤怒立即化为平静，把匕首插入鞘中，向人群投了一个轻蔑的眼光，走进去了。

众人望着专诸走进门内，人人的心也都松下去。等到专诸的家门紧紧关住了，才有几个人用一句轻薄的话遮饰他们当时的恐惧：

"这人这样顺从他的母亲，看来也没有多大本领。"

同时又是一片轻薄的嬉笑。子胥在一旁看着这幕剧，心里有些惊奇。他从那老太婆的口中知道，这个"人的憎恨者"叫做专诸。他想，这人最初一定是与世无侮，在郊外盖下这座茅屋，和他的母亲过着平静的生活。他并不寻找纷扰，但是纷扰找到他的门前，当年的郊变成今日的郭了。那些卖鱼卖虾的，呼卢喝雉的，唱外国歌的……从早到晚在搅扰他，使他不能清静地生活，如今他不能不愤怒了，这愤怒，谁能平息呢？只有那四围是和平围绕着的老母，因为他多少年平静的生活都是和他的母亲一同度过的，所以平静也永久凝集在他母亲的身上。——子胥想到这里，林泽里的茅屋仿佛又呈现在他的面前，他想，那个楚狂一定还和他年轻的妻过着平静的岁月，但宇宙间没有不变的事，一旦那林泽开辟为楚王的猎场，楚国的贵族在他的四围建起一座一座的别墅，也有些女人不三不四地唱些外国歌，也有呼卢喝雉的声音搅得他不能安眠……他会不会摇身一变，变为今日的专诸呢？他觉得，楚狂变为专诸的日子一定也不远了。

子胥立在街头沉思时，那群人早已散开了。街上越来越寂静，他也越想越远。看着专诸门前的鱼鳞虾皮忽而化为林泽中的麋鹿雉鸡，楚狂的藜实袋里也忽然会露出明亮的匕首，而楚狂的妻与专诸的老母忽然融合为一个人了，——宁静而朴实的女性。

有人在拍子胥的肩，使子胥吓了一跳，这对于他是多么生疏，他久已不曾经验过这肩上的一拍了。他悚惧地回转头来，面前是一个久已忘却的面貌。他端详一些时，才认识出是少年时太学里的一个同学，以研究各国的国风见称，后来各自分散，彼此都已忘记，不知什么样的运命把他送到吴国来了。那人望着子胥，半惊半喜地说：

"我看你有些面熟，我不敢认，你莫非是精于射术的子胥吗？你怎样也会到这里来呢？"子胥还没有回答，那人接着说，"我在这里已经很久了，这里的同乡并不少。我在这里教音乐，你知道，一个新兴的国家是怎样向往礼乐……"

子胥不愿意遇见熟人，他听了这话，面前好像又看见有一片污泥，同时他想起方才专诸所骂的外国歌，必定是这类的人给传来的。那人不管子胥在想什么，却兴高采烈地说下去：

"你来了真好，这里也有同乡会，自从申公丞臣以来，我们楚人在这里都很被人欢迎，不管是文的，或是武的。你知道吗，一个新兴的国家是多么向往礼乐！我还记得，你的射术和剑术都很好，你不愁没有饭吃。我除却教授音乐，还常常作几章诗刻在竹板上，卖给当地的富商们，他们很愿意出重价呢……

"前些天还来了一位同乡，据说他研究过许多年的梼杌，他在这里一座广场上讲齐桓、晋文、秦穆、楚庄称霸的故事，说得有声有色，招来了许多听众。每个听者都要缴纳一个贝壳，坐在前排的一个大贝壳，坐在后排的一个小贝壳，讲了几天，他背走了好几口袋贵重的贝壳……

"你知道吗，在吴越的边境上还有许多野人，他们是断发文身的，发断了的确不好看，但是身上的雕纹有些的确很美丽呢。我们可以把这些雕纹描下来，还收集一些他们的用具，带到城里来给大家看看，从这上面也可以赚不少的钱……

"谁说时代乱不容易找金银呢？金银到处都是。"

子胥听着这些话，真是闻所未闻，好像另外一个世界里的事，他无法回答。只是由于那人夸奖他的射术，他忽然想起一个精于射术的朋友，这人在许久以前就离开了楚国，听说到东方去了，他倒想趁这机会打听打听这人的下落。他说，"我的射术和剑术早已荒疏了，这时我却想起一个精于射道的朋友，不知他是不是在这里？"

那人愣了一下，立即说道："你说的是不是陈音？"

"是的，——是陈音。"

"陈音几乎和我是同时来的，现在到越国去了。从他那里我得到不少关于射道的材料，你知道，我是研究诗的，由他的口里我听到了那首最古的诗——

　　断竹，续竹，

　　飞土，逐宍。

子胥早已忘记了这个名字，如今忽然想起，好像一个宝贵的发现，但是到越国去了，他立即感到无限的失望；这正如在人丛中出乎意外地露出一个久未见面的朋友，可是一转眼，他又在人丛中消逝了。子胥的神情很不自然，不住地发呆，那人也觉得两人中间好像有些话不大通似的，又看了看子胥，把同乡会的地址告诉他，说一句："我看你这样子，也很匆忙，我们明天再见，我还要赶忙去教某某小姐鼓瑟。"说完便匆匆地走去了。

子胥望着那人走远，他想，假如陈音也在这里，他一定立即去找到他，向他说一说他的遭遇和他的计划，——因为这人深深地知道弓弩的作用是“逐宍”。可是这人到越国去了，他心中感到无限的苍凉。在林泽，在田野，复仇的事无从开始；一到人间，就又难免遇到些拖泥带水的事，听到许多离奇古怪的话。他一路的遭逢，有的很美，有的很丑，但他真正的目的，还在一切事物的后面隐藏着。他意想不到，这里也有这样多的楚人，他为了避免无谓的纠纷，他不得不隐蔽他的面目；但他为了早一日达到目的，又急切地需要表露他的面目。在这又要隐蔽、又要表露的心情里他一步步地进入吴市。

不久，吴市里便出现了一个畸人：披着头发，面貌黧黑，赤裸着脚，高高的身体立在来来往往的人们中间。他双手捧着一个十六管编成的排箫，吹一段，止住了，止住一些时，又重新吹起：这样从早晨吹到中午，从中午又吹到傍晚。这吹箫人好像在尽最大的努力要从这十六枝长长短短的竹管里吹出悲壮的感人的声音。这声音在听者的耳中时而呈现出一条日夜不息的江水,多少只战船在江中逆流而上,在这艰难的航行里要显出无数人的撑持;时而在一望无边的原野,有万马奔驰,中间掺杂着轧轧的车声,有人在弯着弓,有人在勒着马,在最紧张的时刻,忽然万箭齐发,向远远的天空射去。水上也好,陆地也好,使听者都引领西望,望着西方的丰富的楚国……

再吹下去,吹出一座周围八九百里的湖泽,这比吴市之南的广大的震泽要神秘得多,那里有取之不尽、用之不竭的水产,灵龟时时从水中出现,如果千百只战船从江水驶入大泽,每只船都会在其中得到适宜停泊的处所;还有浓郁的森林,下面走着勇猛的野兽,上边飞着珍奇的禽鸟,如果那些战车开到森林的旁边,战士的每支箭都可能射中一个美丽的生物。湖泽也好,森林也好,使听者都引领西望,望着西方丰富的楚国……

再吹下去,是些奇兀的山峰,这在吴人是怎么也想象不到的，每一步都会遇到阻碍，每一望都会感到艰难，岩石峭壁对于人拒绝的力量比吸引的力量要大得多，但是谁若克制了那拒绝的力量，便会发现它更大的吸引力；在山的深处有铜脉，有铁脉，都血脉似的在里面分布，还有红色的、蓝色的、绿色的宝石，在里面隐埋……吴人听到这里，耳朵要用很大的努力才能听下去，好像登山一样艰难。

但是谁也舍不开这雄壮的箫声了，日当中天，箫声也达最高峰，人人仰望着这座高峰，像是中了魔一般，脚再也离不开他们踩着的地面。

午后，这畸人又走到市心，四围的情调和上午的又迥然不同，他用哀婉的低音引导着听者越过那些山峰，人们走着黄昏时崎岖的窄路，箫声婉婉转转地随着游离的鬼火去寻索死者的灵魂，人人的心里都感到几分懔慄。但箫声一转，仿佛有平静的明月悬在天空，银光照映着一条江水穿过平畴，一个白发的渔夫在船上打桨，桨声缓缓地、缓缓地在箫声里延续了许久，人们艰苦的恐惧的心情都化为光风霁月，箫声温柔地抚弄着听众，整个的吴市都在这声音里入睡了……

忽然又是百鸟齐鸣，大家醒过来，箫声里是一个早晨，一个人类的早晨，像一个女性的心，花一般地慢慢展开，它对着一个陌生的男子领悟了许多事物。——箫声渐渐化为平凡，平凡中含有隽永的意味，有如一对夫妇，在他们的炉灶旁升火煮饭。

听者在上午感到极度的兴奋，神经无法松弛，到这时却都融解在一种平凡圣洁的空气里了：人人都抱着得了安慰的心情转回家去。

第二天这畸人又出现了，人们都潮水似的向他涌来，把他围在市中心。箫声与昨天有些不同，可是依然使人兴奋，使人沉醉。这事传入司市的耳中，司市想，前些天那个研究桴栿的人，在这里讲演，为的是贝壳；今天又有人在这里吹箫，听说他既不要贝壳，也不要金银，可是为什么呢？他必定是另有作用，要在这里蛊惑人民，作什么不法的事。但当他也混在听众中，一段一段地听下去时，他也不能摆脱箫声的魔力了，一直听到傍晚。他本来计划着要把这吹箫人执入圜土里定罪，但他被箫声感化了，他不能这样做。

他没有旁的方法，只有把这事禀告给吴王。

（完）

後記

后记

我们常常看见有人拾起一个有分量的东西，一块石片或是一个球，无所谓地向远方一抛，那东西从抛出到落下，在空中便画出一个美丽的弧。这弧形一瞬间就不见了，但是在这中间却有无数的刹那，每一刹那都有停留，每一刹那都有陨落。古人在"镞矢之疾"、在"飞鸟之影"的上边，似乎早已看得出这停留与陨落所结成的连锁。若是把这个弧表示一个有弹性的人生，一件完美的事的开端与结束，确是一个很恰当的图像。因为一段美的生活，不管为了爱或是为了恨，不管为了生或是为了死，都无异于这样的一个抛掷：在停留中有坚持，在陨落中有克服。这故事里的主人公为了父兄的仇恨，不得不离开熟识的家乡，投入一个辽远的生疏的国土，从城父到吴市，中间有许多意外的遭逢，有的使他坚持，有的使他克服，是他一生中最有意义的一段。在少年时，我喜爱这段故事，有如天空中的一道虹彩，如今它在我面前又好似地上的一架长桥——二者同样弯弯地，负担着它们所应负担的事物。

　　远在十六年前，我第一次读到里尔克的散文诗《旗手里尔克的爱与死之歌》，后来我在一篇讲里尔克的文章里曾经说过："在我那时是一个意外的、奇异的得获。色彩的绚烂，音调的和谐，从头至尾被一种忧郁而神秘的情调支配着，像一阵深山中的骤雨，又像一片秋夜里的铁马风声。"我被那一幕一幕的色彩与音调所感动，我当时想，关于伍子胥的逃亡也正好用这样的体裁写一遍。但那时的想象里多少含有一些浪漫的元素，所神往的无非是江上的渔夫与溧水边的浣纱女，这样的遇合的确很美，尤其是对于一个像伍子胥那样的忧患中人。昭关的夜色、江上的黄昏、溧水的阳光，都曾经音乐似地在我的脑中闪过许多遍，可是我并没有把它们把住。

十六年，是一个多么空旷的时间。十六年前的世界已经不是现在眼前的世界，自己的思想与心情也起过许多变化，而伍子胥这个影子却没有在我的想象中完全消逝。当我在柏林，忽然在国内寄来的报纸上读到友人梁遇春君逝世的消息，随后便到东海的一个小岛去旅行时，在船上望着海鸥的飞没，我曾经又起过写伍子胥的愿望。当抗战初期，我在内地的几个城市里流离转徙时，有时仰望飞机的翱翔，我也思量过写伍子胥的计划。可是伍子胥在我的意象中渐渐脱去了浪漫的衣裳，而成为一个在现实中真实地被磨练着的人。这有如我青年时的梦想，有一部分被经验给填实了，有一部分被经验给驱散了一般。

一九四二年的冬天，卞之琳先生预备把他旧日翻译的《旗手》印成单行本，在付印前，我读到他重新改订的译稿。由于这青年时爱过的一本书，我又想起伍子胥。一时兴会，便写出城父、林泽、洧滨、昭关、江上、溧水、吴市七章，但是现在所写的和十多年前所想象的全然不同了，再和里尔克的那首散文诗一比，也没有一点相同或类似的地方。里边既缺乏音乐的元素，同时也失却这故事里所应有的朴质。其中掺入许多琐事，反映出一些现代人的、尤其是近年来中国人的痛苦。这样，二千年前的一段逃亡故事变成一个含有现代色彩的"奥德赛"了。既然如此，我索性不顾历史，不顾传说，在这逃亡的途程上又添了两章：宛丘与延陵。这虽然是我的捏造，但伍子胥从那些地方经过，并不是不可能的。于是伍子胥对于我好像一棵树，在老的枝干上又发出几个新芽。

一个朋友读完我的原稿，他问我，吴市以后的伍子胥还想继续写下去吗？我回答他说，不想继续写下去了；如果写，我就想越过三十八年，写伍子胥的死。我于是打开架上的《吴越春秋》，翻出一段向他诵读——

　　子胥归，谓被离曰："吾贯弓接矢于郑楚之界，越渡江淮，自至于斯。前王听从吾计，破楚见凌之仇。欲报前王之恩而至于此……"

　　被离曰："……自杀何益？何如亡乎？"

　　子胥曰："亡，臣安往？"

　　我读完这一段，我重复着说，如果写，我就写他第二次的"出亡"——死。

1944 年冬